마음버스
정류장

마음버스 정류장

ⓒ 하백, 2022

초판 1쇄 발행 2022년 12월 30일

지은이	하백
펴낸이	이기봉
편집	좋은땅 편집팀
펴낸곳	도서출판 좋은땅
주소	서울특별시 마포구 양화로12길 26 지월드빌딩 (서교동 395-7)
전화	02)374-8616~7
팩스	02)374-8614
이메일	gworldbook@naver.com
홈페이지	www.g-world.co.kr

ISBN   979-11-388-1527-7 (03810)

하백 글

연화 글씨

좋은땅

〈서시〉

감정선을 따라
운행하는 마음에는
나를 태우고 가는
정류장이 있어

늘 만원으로 도착하는
미움과 슬픔을 떠나보내고,
고마움과 미안함이 도착하지만
망설이다 지나가고 후회를 하지

걱정과 고민을 하는 동안
잠시 정류하던
기쁨과 즐거움이 떠나는 것을
바라만 보다가

○ ○ ○ ○

‖ 목 차 ‖

버스를 기다리며

'기다림'이라는 단어는 굳이 말하지 않아도 일상처럼 내가 존재하고 있음을 대변하는 말이다. 매일 아침 출근할 때 그리고 저녁에 퇴근할 때 정류장에서 버스를 기다리는 일상, 그 대기열 어딘가에 우리가 존재하고 있듯이, 우리는 늘 무언가를 기다리며 살아가고 있다. 생각해 보면 기다림은 어딘가에 머물러 있음을 의미하기도 하는데, 버스를 기다리는 머무름의 장소가 정류장인 것처럼 사람 마음도 들여다보면 버스 정류장처럼 다양한 마음들이 머무르고 있다. 어떤 날은 기쁜 마음, 또 어떤 때는 슬픈 마음, 그리고 온종일 우울한 날도 있을 것이다. 그래서 우리는 일상에서 기쁨, 슬픔, 우울함과 같이 눈에 잘 보이지도 않는 '마음'이라는 단어를 반복해서 넘쳐나게 쓰고 있다. 그리고 우리는 알게 모르게 누군가의 마음이 돌아오기를 기다리며 살고 있다. 마치 내가 기다리는 버스가 빨리 도착하기를 바라는 것처럼 말이다.

버스는 배차 간격이라는 게 있어서 시간이 지나면 내 앞에 나타나겠지만, 사람 마음은 얼마나 기다려야 할지 가늠하기 힘들 때가 많다. 아무리 기다려도 돌아오지 않을지도 모를 그 마음을, 버스처럼 배차 간격 탓을 하면서 애써 기다리지만 마음은 배차 간격이라는 것이 없기에, 어떤 날은 기다릴 필요도 없이 앞에 멈춰 서 있을 때도 있고, 또 어떤 날은 타이밍을 놓쳐 안타깝게 탑승하지

못할 때도 있다. 그래서 마음도 버스처럼 정류장이 있으면 좋겠다는
생각을 해 본 적이 있다. 그 정류장에서 기다리면 내가 탑승할
'마음버스'가 언젠가는 도착하기를 바라면서 말이다.

'마음버스 정류장'은 늘 우리 곁에 있다고 생각한다. 하지만 곁에
있어도 자꾸만 다른 곳을 헤매는 것은 아닐까? 헤매고 돌아다닐
필요 없이 차분히 기다리다 보면 언젠가는 도착할 것 같은데, 우리는
항상 기다림의 유통 기간을 너무 짧게 설정하고 있는 것이 아닐까?
그래서 그런지, 유통 기간 지난 기다림 때문인지, 기다림의 시간이
얼마 지나지도 않았는데 '속상하다.'라는 표현을 자주 쓰게 된다. 결국
'속상하다.'는 내가 원하는 시간에 탑승할 마음이 도달하지 않아서
유통 기간이 지난 것처럼 '마음 상했다.'라는 의미를 가지게 되는
것이다.

이 책의 제목은 『마음버스 정류장』이다. 사실 버스 정류장은 한자로
停留場이지만, 마음버스 정류장은 情留場이다. 정이 머무르는
곳이라는 뜻이다. 사람 사는 곳엔 '인정', 줄여서 '정'이라는 것이
따라다닌다. 이 '정'이라는 것에는 미운 정, 고운 정처럼 앞에 붙이는
수식어에 따라 다양한 마음이 존재한다고 생각한다. 정이 고픈
사람들, 마음 고픈 사람들이 모이는 곳은 늘 우리 곁에 있다고
믿으며, 정을 기다리던 마음의 문이 열리면 같이 탑승해서 동행해
주고 싶은 것이 인지상정이 아닐까 싶다. '동병상련'이라는 말은
동행의 다른 표현으로 마음을 열어서 탑승하는 것이다. 마치

버스처럼.

마을버스를 타 본 사람은 알 것이다. 같은 동네에 사는 얼굴들의
다양한 군상을 직접 보고 부딪히는 일상, 거기는 환한 얼굴, 화난
얼굴, 무표정의 얼굴, 뭇사람들의 마음이 표정으로 나타나는
장소이다. 그리고 버스가 지나는 정류장엔 동네 간판들이 즐비하다.
미용실부터 작은 수퍼, 학원, 아파트까지 줄줄이 지나간다. 구구단
외우듯이 외워 버린 정류장 안내 방송에 귀 기울일 필요도 없이 동네
한 바퀴는 금방 지나가고 버스는 텅 빈 채로 다시 종점에 도착하고,
그렇게 또 정류장은 시작된다.

이 책은 정류장이 되었으면 한다. 마을버스처럼 동네 정류장을 돌고
돌아서 다시 제자리로 돌아오듯, 이 책에 머무는 동안 정류장에서
버스를 기다리는 심정으로 잠시 머물다가 흡족한 마음으로 책을
떠날 수 있으면 좋겠다는 바람이다.

여우비

여기서

우리가끔

비처럼만나자

분수

막 잠 깬 아침은
오르기 힘든 언덕
만큼이나 버겁다

그래도
언덕 너머
하루를 만나려면

흘러내리기 전에
솟구쳐야 한다

하루를 시작하는 시간은 늘 힘겹다. 어제의 피로가 남아 있기도
하고 어제의 고민과 걱정이 그대로 이어지기도 하기 때문일 것이다.
어제보다 새로운 오늘이라고 생각하고 싶은데, 현실은 그러하지 못할
때가 많아서 아침은 늘 힘겹기만 하다.

그래도 오늘 아침 눈을 뜨고 생각할 수 있다는 것이 얼마나 감사한
일인가? "이불 밖은 위험하다."라는 말은 위로가 될 수 없음을 잘
알기에, 또 이불 속으로 흘러내리는 나 자신을 주워 담을 수 있는
시간은 점점 줄어들고 있다는 것을 자각하는 현타*가 몰려온다.

오늘이 새롭지 않은 것은 새로운 만남이 부족한 탓도 있을 것이다. 늘
같은 패턴의 반복에 조금이라도 변화를 줄 필요가 있는 이유이기도
하다. 분수가 솟구치는 것을 보면 늘 반복되는 패턴으로 보이지만,
자세히 들여다보면 작은 변화를 확인할 수 있는데, 물방울의 크기에
따라 흩어지는 반경이 제각각인 것을 알 수 있다.

오늘을 인생의 작은 물방울이라고 생각하면 그 물방울의 크기에
따라 하루의 반경이 달라지지 않을까? 가능하면 크게 솟구쳐 오를 수
있도록 가볍게 만들어 보면 어떨까?

* 현타: 현실 자각 타임의 줄임말.

미소

자그맣게 열린 창문으로
하얀 비둘기 한 마리가 들어왔다

어느 마술사의 품에서
부러졌을지 모를 날개를
퍼덕거리고 있었다

보듬으려 내민 손을
자꾸만 밀어내는 것이 안쓰러워
어깨를 기울였더니
그의 작은 부리가 토닥토닥
내 어깨를 보듬어 주었다

푸드덕, 나의 입가에 날개가 돋았다

작은 웃음이라는 뜻의 미소는 억지로 만들어지지 않는다는 점에서 자연스러움을 읽을 수 있는 긍정의 대명사로 볼 수 있을 것이다.

그리고 또 한 가지, 미소라는 것이 정해진 스토리의 끝에서 나타날 수도 있지만 때로는 생각지도 못한 상황에서 나타나기도 한다.

어쩌면 내가 생각하는 고정 관념과는 다르게, 내 자신이 누군가를 위로하고 싶은 상황에서 반대로 내가 위로받을 수 있는 그런 상황에서 우리는 또 자연스럽게 미소가 지어지는 것이다.

누군가를 위로한다는 것은 상대에게 순간 행복한 기운을 불어넣어 주는 일이지만, 때로는 섣부른 측은지심이 될 수도 있음을 알아야 한다. 더 나아가 누군가를 보듬는다는 것은 온전히 상대의 입장이 되어야만 가능한 일이라는 것을 알아야 한다. 그렇지 않으면 오히려 상대의 상처를 건드릴 수도 있으니.

우리의 경험 반경이 그다지 넓지 못하다는 것을 늘 생각하고 있어야 누군가를 그 반경에 담을 수 있을지 없을지를 가늠할 수 있겠지만, 마지막 미소까지 담아 낼 수 있는 너그런 마음의 반경은 경험과 상관없이 그 크기가 작지 않기에 우리는 눈물도 흘리고 미소도 지을 수 있는 것이다.

꽃그늘

네가 흔들릴 때마다
나도 흔들렸지만

너의 발자국이 쌓이는 만큼
나는 너의 향기로 물들어 가고 있어

도종환님의 「흔들리며 피는 꽃」을 읽어 본 적이 있다.

흔들리지 않고 피는 꽃이 어디 있으랴
이 세상 그 어떤 아름다운 꽃들도
다 흔들리면서 피었나니
흔들리면서 줄기를 곧게 세웠나니
흔들리지 않고 가는 사랑이 어디 있으랴

〈후략〉

흔들리며 꽃이 피어나지만, 꽃은 흔들리며 향기를 내뿜는다. 그리고
이내 꽃그늘도 향기로 물들어 간다. 토닥토닥 밀당을 하며 정이 드는
것처럼 사랑도 흔들리며 익어 간다.

반추

때로는
네가 있는 밤이 보고 싶다

일기장을 넘기다 보면
잘 넘어가지 않는 페이지처럼
유난히 넘기기 힘든 밤이 있어

마치
검은 종이에 흰 글씨로
적어 내려간, 그날의 기억을
찢어 내 구겼다가 다시 펼치던

낙서로 구겨진 밤하늘을 다시금
펼쳐 본다, 그날 한 페이지가 넘어간다

우리의 소화 기관은 소와 달라서 반추라는 말을 쓰지는 않지만, 가끔 기억을 소환할 때 사용하기도 한다. 음식을 소화하는 것과 다르게 우리의 기억은 한 번에 소화되지 못한다. 이미 사라졌다고 생각했던 기억이 어떤 이유에서 다시 소환되는 경우, 분명 즐거운 일이 아닌 나쁜 혹은 힘들었던 기억일 것이다. 언뜻 생각해 보면 어제 즐겁게 웃었던 기억은 이미 뇌리에서 사라지고, 잘 기억이 나지 않는다. 반면에 슬프거나 아팠던 기억은 시간이 지나도 생생할 때가 많다. 이것은 부정적인 기억이 너무 단단해서 소화하기엔 시간이 모자란 것이라 생각할 수 있다. 그래서 소화되지 못한 그런 기억들이 어느 날 소환되어 반추하는 것이다.

반추할 기억을 만들지 않으면 좋은데, 그렇게 할 수 없으니 다른 방법을 찾아야 한다. 예를 들면, 나쁜 기억이 만들어지지 않도록 늘 상황을 깔끔하게 마무리하는 것도 하나의 방법이다. 살면서 좋지 않은 상황을 100퍼센트 좋게 만들 수는 없겠지만, 적어도 유종의 미의 절반쯤은 될 수 있도록 노력해야 한다.

대결

날개 잘린 말이
자유의 공간을 버리고
추월의 순간을 맞으라고 하는데

경마장에서 퇴출될 나는
자꾸만 하늘을 쳐다본다

끝 모를 달리기로
치열하게 다투다가 먼저 별이 된,

까마득
별자리 만드는 유니콘의
깃털이라도 발견할까 싶어서

경쟁 사회에서 대결은 필수, 내가 추월하지 않으면 뒤쳐지는
세상이다. 우리는 원래 자유라는 날개를 가지고 태어나지만,
자라면서 그 날개를 잘라 버리고, 대신 무한 경쟁의 발굽을 갈고닦아
일등을 향해 질주한다.

무한 경쟁이라는 말로 채찍질을 하는 동안 자유로 포장된 당근은
극도로 제한되지만, 채찍질에 주눅이 들어 당근 찾을 생각조차
못 하는 것 같다. 경쟁에서 퇴출되면 자유를 다시 찾을 수 있을까
생각하지만 이미 자유라는 날개는 오래전에 잘렸기에 낙오의 무게만
짊어져야 한다.

경마장에서 환호하는 것은 구경꾼들이고 도박꾼들이다. 달리는
말은 옆도 볼 수 없고, 앞만 보아야 한다. 구경꾼과 도박꾼의 소리만
들으면서 말이다. 살아가는 과정에서 때로는 경마장 말처럼 극도의
경쟁도 필요하겠지만, 일부러 경쟁을 찾아다닐 필요는 없지 않을까?
물론 개인적인 생각이지만, 반면에 경쟁의 짜릿함을 즐기는 사람들도
하늘의 별처럼 많을 것이다.

오디션

다짐을 한다
날아와 꽂히는 것을
피하지 말고 기꺼이 맞아 주자

차곡차곡 시선이
화살처럼 꽂히는 시간을
즐기자

화살은 맞을 때보다
뽑을 때 더 아프니까

살다 보면 알게 모르게 오디션 당하는 기분이 들 때가 있다. 안 보이는 데서 쏜 화살에 맞는 기분은 어떨까? 화살에 맞는 것도 아프지만 꽂힌 화살은 뽑을 때 더 아프다는 것, 맞아 본 사람은 다 안다. 뒷담화로 꽂힌 화살, 그걸 뽑는 또 다른 뒷담화에 두 번 운다. 면접이라는 것도 오디션의 일종이라서 면접을 볼 때도 화살 이론이 등장한다. 내가 어떤 말을 했는지도 기억을 못 해도 화살 같은 질문은 기억이 난다. 면접에서 화살이 뽑히는 순간은 점수로 환산하는 시간이다. 화살 하나 뽑을 때마다 점수가 합산되고 낮은 점수일수록 고통스럽다.

밥값

허리를 꼭 졸라맨 시계를 던져 넣고
온종일 건진 것은 닳아 빠진 구두 두 짝
매달려 굽실거리는 지렁이만 남았구나

빌딩 숲 밤하늘은 아름답지만은 않다
한잔 술 마감 시간 막차 택시 늦은 귀가
하루를 꼭 채웠는데 나는 아직 배고프다

"밥은 먹고 다니냐?"라는 아주 유명한 영화 대사가 있다. 우리는 밥이라는 단어를 늘 입에 달고 살 만큼 밥은 일상의 큰 부분을 차지한다. 그래서 우리는 가치를 표현할 때 밥값이라는 단어를 사용하는지도 모르겠다.

어찌 생각해 보면 세상은 밥이 아닌 밥값으로 넘쳐난다. 밥은 생명 유지의 기본 수단인데, 기본 수단조차도 값으로 지불해야 하는 시대에 살고 있으니 밥값이라는 것은 당연한지도 모르겠다.

하루를 꽉 채워서 일하는 것이 밥값으로 교환된다는 것이 조금은 서글프기도 하지만 '배고픔'을 밀어내는 밥과 술이 있어 행복한 시간을 즐길 수 있다는 것도 생각해 보면 좋겠다

나는 아직 배고프지만, 너무 무리하지는 말자. 이미 오늘 밥값을 충분히 했으므로. 밥은 맛으로 먹는 것이지, 값으로 먹는 것은 아니니까.

돌부리

현란한 피아노
연주처럼 질주하다 보면
멈추게 되는 건반이 있어
시와 도 사이
반음과 반음 사이
너와 나 사이에
솟아오른
아픔이라는 건
반의 반 정도, 음 이탈이랄까
연주가 끝나도
그래 아무도 모를
너와 나 사이의
불협, 화음이 아니라
잘못 건드린 건반
때문이라는

그래
아무도 볼 수 없는
넘어져야 보이는
절반을 숨기고 있지

아무리 훌륭한 연주라도 비전문가인 우리는 눈치채지 못하는 삑사리가 숨겨져 있다고 한다. 마치 눈에 잘 띄지 않는 돌부리처럼, 익숙하듯 달릴 때 보지 못하는 것처럼.

사람들과 관계도 가끔 그렇다. 불협화음이라고 표현되는 음 이탈의 사고. 너무 심각하게 생각할 필요가 없는데, 서로 질책하기 바쁘다. 둘 사이의 연주 아닌 관계가 그리 훌륭해 보이지도 않은데 말이다. 너무 빠르게 달리다 보면 돌부리에 넘어질 수 있으니, 조금은 속도를 줄이고 천천히 걸어 보기도 해야 한다. 그리고 넘어져도 돌부리 탓은 하지 말자. 애초에 보지 못하고 속도도 줄이지 못한 내 탓이므로.

관록

상처투성이에
못생겼다 하기에는
너는 너무 뜨겁구나

탕, 탕, 탕
탕에서 시작해서 탕으로 끝나는
너의 이야기에
너를 둘러싼
들끓는 사람들까지,

나는
얼마나 더 끓어 넘치야
마침내 무디어지고
그 많은 사람들을 담아 낼 수 있을까

찌그러진 냄비처럼

간판 색도 바랜 오래된 식당에서 가끔 마주치는 것은 성한 곳 하나 없이 찌그러진 냄비일 것이다. 그런데 참 묘한 것은 그런 식당에 아주 멀쩡한 냄비가 있다면, 그건 또 어울리지 않을 것 같다.

사람도 그런 것 같다. 이리저리 치이고 까이고 다친 흉터를 많이 가진 사람은 오래된 찌그러진 냄비만큼이나 파란만장한 역사를 가지고 있을 것이다. 그래서 우리는 냄비의 찌그러짐이나 사람의 흉터를 관록이라고 부른다.

전쟁에서 돌아온 사람들에게서 흉터는 훈장과 같다고 한다. 하지만 전쟁이 아닌 삶의 현장에서 만들어진 흉터는 훈장이 아닌 관록의 증표라고 볼 수 있다.

나이가 든다고 모두 다 관록이 생기는 건 아닐 것이다. 부딪히고 깨지고 다치는 과정에서 관록이 생기는 것이다. 오늘, 냄비를 유심히 살펴, 나보다 흉터가 많다면 존경의 표시를 해 보는 것이 어떨까? 가장 높은 곳에 모셔 보기도 하면서 말이다.

냉장고

근 20년 동안 유지되던 겨울이 무너졌다
만년설 같은 얼음이 녹아내린 날
족쇄 풀린 물고기 한 마리가 발등을 때리고
바닥을 헤엄치듯 멀찌감치 달아났다
불변의 계절도 나이가 들면 기억력을 상실한 듯
제멋대로 흔들리는 것인가
이따금 고장 나는 나의 기억력을 일깨워 주듯,
간간이 신호를 보내 주었건만 알아채지 못하고
그의 마지막 겨울을 이제는 보내 주어야겠다
한동안 그가 없는 겨울을 견뎌야 한다니
이 뜨거운 여름에 걱정이 하나 더 늘었다

냉장고 하나 고장이 났을 뿐인데…. 늘 일상처럼 큰일 없이 살아가는 것이 얼마나 행복한 일인가라는 생각을 해 본다. 또 냉장고 없던 시절엔 어떻게 살았는지 몰라라는 생각도 해 본다. 그러고 보면 같이 살며 동행을 하는 가족들도 오랜 시간 건강한 것이 일상으로 또 얼마나 행복한 일인가.

시간이라고 하는 것은 모든 것을 흔드는 힘을 가지고 있다. 기계는 물론이고, 오래 살다 보면 사람도 삐걱대며 흔들린다. 계절도 짧게는 흔들리지 않는가? 갑자기 여름이 왔다가 갑자기 가을이 오기도 하며 비 한 방울 내리지 않다가 갑자기 산사태로 밀고 내려오기도 한다. 지구의 나이가 45억년이라 했는데, 그토록 수많은 시간이 지났으니 그 힘이 얼마나 대단할 것인가? 기후 변화는 지구의 나이가 가지는 힘에 의해 흔들리는 세상을 우리가 감히 경험하고 있는 것이다.

편견

내 눈은 작은 게 아니라
좁은 것이다
뭇별들은 좁쌀처럼 담기는데
너는 아직 눈 밖에 있으니

편견 없이 살 수 있는 사람은 아무도 없을 것이다. 애초에 신이
만들어 준 눈은 아주 작아서 한 사람을 담기에도 부족해 보인다.
하지만 다행히도 신은 눈 크기는 작게 만들었어도, 눈 깊이는 아주
깊게 만들었다. 깊은 눈에 담기지 않을 것은 없지만 그 깊은 눈
속에도 벽을 만드는 사람들이 있어서, 이 장벽 때문에 더 이상 담지
못하는 것이다,

편견은 눈 속에 담긴 벽이다. 벽을 허물지 않으면, 내 눈은 그저
우주의 아주 작은 부스러기만 담을 수 있을 뿐이다. 원래 용량은 아주
깊은데 편견이라는 벽 때문에 더 이상 담지 못하는 우리는 우주에서
보면 미세 먼지 정도일 텐데 말이다.

물불

물이고 불이고
넘쳐나는 잉여를 담아 둘
주머니가 부재한 사이에
불 면과 물 면이
동전처럼 엎치락뒤치락
냉혹한 계절의 거스름처럼 굴러가고
나도 흘러갈까 말까 망설이는 동안
주변은 온통 흙탕물로 엉킨다

여름은 원래 그런 거지
깡그리 소비하고 나서야 얻는다는

잔돈 같은 것

여름은 물과 불의 계절이다. 한마디로 물불 가리지 않고 쏟아
내는 시련의 시간이다. 물과 불은 붙어 있을 수가 없지만 동전의
앞뒷면처럼 한 번씩 뒤집어지면서 존재할 수는 있는 것이다. 여름이
딱 그런 동전 같은 계절이다.

물을 뒤집으면 불이 되고, 불을 뒤집으면 물이 되는 변덕의 동전은
여름 내내 우리 앞에서 비용을 요구한다. 동전이 모여 봤자 얼마나
되겠나 싶지만, 물불 동전은 상상을 초월하는 비용이 만들어진다.
준비하는 시간 없이 소비만 하다 보면 결국 남는 것은 초라한
동전밖에 없다는 것을 여름은 우리에게 가르쳐 주고 있는지도
모르겠다.

인과 연

인생은
과정이라는
연속극

신기루

사막의 다른 이름은 사랑이다

목마른 언덕을 넘어야 하는 슬픈 사랑이다
언덕 너머를 보지 못하는 눈먼 사랑이다
아킬레스건을 가지고
태양의 너른 등받이를 가져서
낙타가 되지 못한 억울한 사랑이다
싸우지도 않고 역전의 오아시스를 꿈꾸는

너의 나약한 환영이다

사랑처럼 치열한 것도 없을 것이다. 누군가를 전적으로 사랑한다는 것, 너무 쉽게 생각하는 사람들은 꼭 실패를 한다. 그리고 사랑에 실패한 사람들의 공통점은 '신기루'에 있다. 신기루의 사전적 의미 중 하나는 '홀연히 나타나 짧은 시간 동안 유지되다가 사라지는 아름답고 환상적인 일이나 현상 따위를 비유적으로 이르는 말'이다. 사랑은 홀연히 나타나 짧은 시간 동안 유지되다가 사라지는 걸까? 그리고 아름답고 환상적인 것일까? 여기에 정답은 없다. 하지만 그렇게 만들어질 수는 있다. 질문에 답을 하기보다는 답을 만들어 가는 과정이 사랑일 것이다. 질문은 순간을 얘기하고 있지만 과정으로 확장하면 아름답고 환상적일 수 있다.

사랑에 대한 과도한 환상은 스토킹 범죄와 같은 극단으로 치달을 수 있다. 신기루에서 탈출하지 못하면 말이다.

술잔

휘청대는 낚싯대에
대물이 걸렸는 갑다

끌어 올리는 놈이 주인인데
주인은 어델 가고
낚싯대만 휘젓는 밤

이미 마음을 비운 낚시꾼은
속이 텅 비었다

술은 누가 지배하는가? 우리는 술을 지배하고 살고 있는가? 이런
질문에, 대부분의 사람들은 당연히 자신은 술을 지배하며 산다고
대답할 것이다. 하지만 또 다른 시선으로 보면 술을 지배하는
것은 술병이며, 술잔이다. 우리는 단지 술병이 던져 놓은 술잔에
낚인 것이다. 온몸을 휘청거리면서도 술잔을 뱉어 내지 못하고
끌려다니고 있으니, 술잔 어딘가에 미늘이 붙어 있는지 잘 살펴볼
일이다.

아무리 세상을 지배하던 사람도 술잔에 이리저리 흔들리며
끌려다니기 마련이다. 어느 누구도 예외 없이 술잔의 낚시질에
끌려다니는 것은 어느 한순간 세상을 지배하던 피곤함을 내려놓기
때문은 아닌지 생각해 본다.

세상을 늘 손에 꼭 쥐고 살아갈 수는 없다. 때로는 손을 비워 술병을
잡아야 하고, 술잔에 낚이기도 해야 한다. 살다가 때로 한 번쯤은
피곤을 덜어 내야 하므로.

함박눈

오랜만에

방금 칠한 페인트처럼
하얀 내 마음이 묻어날까 봐
들뜬, 자국이 남을까 봐
자꾸만 덧칠을 한다

오랫동안

예전에 이런 동시를 쓴 적이 있다.

함박눈

눈길에, 하나 둘 셋
발 도장이 찍힙니다

하늘이, 하나 둘 셋
발 도장을 셉니다

붕~~~
차들이 발 도장을 지웁니다

다시 하늘에서
하얀 도장밥이 뿌려집니다

다시, 하나 둘 셋
하늘이 발 도장을 셉니다.

내 마음의 하얀 페인트, 아직 동심이 남아 있는지, 가끔 꺼내 보고
싶다.

옹벽

이쯤이면 아주 오래 됐다 싶은데
문 하나쯤 내어 줄 만도 한데
요지부동이다
쓰러져서도 안 되고
기울지도 못하니까
누가 기대도
끄덕 없이 서 있어야 하니까

나이가 들어도
죽는 날까지도 꼿꼿해야 하니까
내 아버지의 아버지처럼,

대화가 좀처럼 안 되는 사람을 평가할 때, 벽과 대화하는 것 같다는 얘기를 들어 본 적이 있을 것이다. 특히, 가족 간의 대화에서 벽을 느껴 본 사람들은 그 대상이 대부분 아버지임을 주저없이 얘기하기도 한다. '넘사벽'이라는 신조어까지는 아니더라도 정말 조금 과장해서 '넘을 수 없는 사랑의 벽'이라고 패러디하기도 한다.

벽은 원래 속성이 든든하고 튼튼한 것이기에 말랑하고 달콤한 면은 포기하라고 항변할지도 모르지만, 그 딱딱한 벽에 문 한두 개쯤 만들어 주면 얼마나 좋을까 싶은데, 아버지의 아버지, 그리고 그 아버지의 아버지로부터 물려받은 천성이기에 바꿀 수가 없단다.

벽과 대화하는 방법이 있다면, 아마도 그건 벽에다 낙서를 하는 것인 줄도 모르겠다. 하고 싶은 말을 아무렇지 않게 적어서 벽에다 걸어 두는 것. 벽은 디지털이 아니므로 아날로그식 감정으로 표현하는, 낙서 같은 편지로 통하지 않을까?

남꽃

그는 넘어지지 않는다

붙잡혀 넘어지지 않도록, 보이지 않도록
발목을 지하에 숨겨 두었기 때문에
그래야 꽃을 피울 수 있기에

꼼짝 못 하던
너도 그처럼 피었구나,

활짝

나무의 꽃이 피는 시기가 제각각 다른 것처럼, 사람의 생도 꽃이 피는 시기가 다를 뿐. 언젠가는 꽃피는 시절이 온다는 위로 아닌 위로를 힘든 이웃에게 건네면 싸늘한 시선만 돌아오기도 한다.

이미 나무처럼 살고 있는 그에게 오늘이 아닌 내일을 얘기해 본들 나무가 아닌 남처럼 느껴질 수도 있을 것이다. 그저 꽃은 남에게만 피는 것이라 생각할 수도 있는 오늘을 무사히 지내길 기원하는 수밖에.

남에게 피는 꽃은 잘 보이지만 나에게 피는 꽃은 잘 보이지 않는다. 남에게 피는 꽃은 화려하게 보이지만, 그 과정은 잘 보이지 않는다. 나에게 피는 꽃은 초라해 보이지만, 그 과정이 얼마나 힘들었는지, 나는 잘 알고 있으면서도.

남의 꽃이든 나의 꽃이든 힘든 과정을 지나서 핀 꽃은 모두 나무 꽃이다. 넘어지지 않고, 묻어 둔 발목이 굵어진 한 그루의 나무.

마스크

출입문 닫습니다
출입문 닫습니다

이미 닫힌 문 앞에
또 다른 문이 닫힌다

출입문 닫습니다
출입문 닫습니다

이미 말문은
스스로 열어야 할
동력을 상실했는데

뭘 또 더 닫아야 하는가

발 없는 말이 천리를 간다는 속담이 있다. 하지만, 코로나 팬데믹 시대엔 발 없는 말과 함께 바이러스도 천리를 간다. 그동안 너무 많은 말을 해서 그런지, 신은 인류에게 묵언수행을 당부하는 중인가? 말문 닫힌 시간이 벌써 1000일 가까이 되어 가는 것 같은데, 아직 멀었단다. 열린 세상의 닫힌 말문이 새로운 세상을 만들고 있지만, 적응하지 못한 많은 사람들이 말문의 자유를 향해 세상을 등지기도 한다.

마치 인간을 징검다리 삼아 달려가는 바이러스는 그 끔찍한 오징어 게임을 스스로 만들어 즐기고 있는지 모르겠다. 이제 바이러스가 신적인 존재처럼 인류를 흔들어 대고 있지만, 이에 맞서는 인간의 힘도 만만치 않음을 백신으로 보여 주고 있다. 그렇다. 백신은 바이러스에 맞서는 또 다른 신이 아니던가.

살코기 여정

고깃집에서 갈비를 굽는 시간
젓가락이 특급 열차가 되는 시간

살코기를 실은 젓가락이
터널 같은 입으로 빨려 들어가기를,
쉴 새 없이 반복하는 시간을 지나

드디어 멈춘다

술잔 앞에서 잠시
그렇게 한잔 술이
간이역을 만들면

사람들은 내리고
이야기들이 오르며 뭉쳐
살코기가 만들어진다

인생 맛집, 간이역이 출렁인다

오랫동안 달리는 열차가 잠시 쉬어 가는 곳, 간이역. 간이역은 열차가
자주 정차하지는 않는다. 마찬가지로 쉼 없이 일하는 사람들에게
간이역이 필요한 이유다.

잠시 쉬는 동안 살코기를 뜯는 여유와, 술 한잔에 담기는 이야기들이
간이역을 만든다. 삶을 영위한다는 것은 특별한 의미를 가지기도
하지만 소소한 이야기가 삶의 대부분을 차지한다. 이러한 일상의
이야기가 드라마가 되기도 하고 영화가 되기도 한다.

할 이야기가 하나도 없는 삶은 무미건조하다. 짧지만 소나기 같은
이야기가 또 다른 활력소가 되기도 하고, 또 다른 전환기를 맞기도
한다.

소주한잔

소나기처럼

주워담은

한숨들이 모이면

잔이부풀어오르다

소나무

바늘 같은 심성으로
늘, 시퍼렇게 찔러 대고도 말이야

누군가에게
상처 한 번 준 적 없다는,
날카롭지 못한 뾰족함으로
살아온 건지 살아진 건지 모르지만
굴곡진 삶이란 게 그렇지 뭐
바위 같은 걱정거리에 앉기보다는
지켜보는 것이라고
허리 구부정하도록
그냥 지켜보는 것이라고,

나도 너처럼 말이야

소나무 이파리가 아무리 날카롭다 해도 누구 하나 다치게 할 수는 없다. 바늘처럼 뾰족하지만, 허공을 향할 뿐 찌르는 기능을 가지지 못했다.

사람도 소나무 같은 사람이 있다. 날카로운 심성을 가졌지만, 누구를 공격하지도 못하고 방어하는 데 전념을 다하는 사람이 바로 소나무 같은 사람이다.

우리가 하는 걱정이라는 것은 대부분 해결 가능성이 낮은 것이고, 대부분은 아직 오지도 않은 미래의 것이다. 소나무 옆 바위처럼 걱정거리는 그냥 지켜보는 것이 편하다. 그 걱정거리라고 하는 바위를 깰 수 없으니, 그저 잠시 잠깐 앉았다가 가야 하는 공간으로 생각해야 한다. 그러다 보면 이리저리 굴절된 삶의 자취가 아름답게 보일 것이다.

고집 수리 중

툭 건드려
넘어진 페인트 통에
물들어 버렸다

아무도
고칠 수 없었던
나의 고집에
너를 덧칠했다

색깔을 바꿨다, 드디어
아니, 색깔을 찾았다

고집이라는 것이 내 철학과 원칙을 지키는 것이니 나쁘다고 할 수는
없다. 다만, 그 철학과 원칙이라는 것이 바뀌어야 할 때도 있다.
시대에 뒤떨어지거나 이미 사라진 관습에 물들어 있다면, 바꿔야
한다.

나의 고집을 바꾼다는 것은 내가 가진 철학과 원칙을 버리라는
것이 아니라, 가지고 있는 것에 덧칠을 하라는 것이다. 시대에 맞게,
대다수의 사람들에 보조를 맞출 수 있는 색으로 덧칠을 해야 한다.
임자를 만난다는 것은 고집을 바꾸는 과정이다. 임자를 만나는
순간은 마치 페인트 통을 툭 건드리는 정도로 가벼울 수도 있다.
행위는 가벼울 수 있어도 페인트 통에 담긴 페인트를 뒤집어쓰는
것은 내 생의 변곡점이 될 정도로 무거울 수 있다.

오늘

부족한 태생이라서

키도 작은 내가
까치발 들어 당신과 눈을 마주치려
합니다

한 팔로는 모자라
두 팔을 이어 붙여 당신을 안으려
합니다

짧았을지 모를
나의 생을 당신에게 이어 붙이려
합니다

오, 돌아볼 필요 없어요
난 당신 뒤에 있으니까요, 늘

모든 것을 다 가지고 살아가는 사람은 없다고 봐야 한다. 오늘을 사는 모든 이들은 뭔가 부족함을 가지고 있다. 그래서 온전히 하루를 다 쓰고도 만족하지 못하는 경우도 많다.

원래 오늘 하루 자체가 부족한 시간이다. 많은 것을 욕심 내기에는 턱없이 부족한 하루를 원망하기도 하지만, 그럴 필요 없다. 부족한 오늘을 위해 내일이 준비되어 있는 것이다. 다만, 내일은 오늘을 짊어지고 간다. 오늘이 없는 내일은 없으니까.

하루를 마감하고 등 뒤가 묵직하다면 수고로운 오늘이 내 뒤에 있기 때문이라고 생각하자. 그러면 내일이라는 에너지가 오늘이라는 수고로움을 덜어 줄 것이다.

인연

별이 질까 봐
꽃이 피는 거라고

꽃이 질까 봐
별이 반짝이는 거라고

그렇게 꽃과 별은 가까워졌대

너와 나처럼

유연천리래상회(有緣千里來相會)

인연이 있다면, 천리 멀리에 떨어져 있어도 만나지만

무연대면불상봉(無緣對面不相逢)

인연이 없다면, 얼굴을 마주하고도 만나지 못한다.

『법화경』과『한비자』에서 인용한 글이지만, 인연이라는 것이 거리와

연관하지 않음을 비유적으로 표현한 것이다. 별과 꽃은 우리가

생각할 수 있는 빛나는 대상 중 가장 흔한 것이지만 또한 가장 거리가

멀리 떨어져 있는 것이다. 서로를 걱정하고 보듬어 주는 마음은 별과

꽃만큼의 거리를 뛰어넘을 수 있다.

세상 가장 흔한 것이 별이고, 세상 가장 흔한 것이 꽃인 것처럼

인연은 곳곳에 널려 있다. 굳이 찾아보지 않아도 주변에 반짝이는

것들은 모두 인연이 될 후보가 아닌가. 그리고 나도 반짝이는 것들 중

하나일 테니.

이별 후

이런 저런

뻐 핑계로 다

거슬러서

쭉 희망

남았네

신장개업

대학 동창이 25년 만에
밥집을 오픈한다는 소식에
난생처음 화분을 들고 찾아간 곳엔
커다란 새 간판 대신 낡아 허물어진
그의 얼굴이 나를 맞이할 뿐이었는데
얼굴 안주와 함께 비우는 소주 한잔에
탄내 나는 냄비 밥이 전부였지만
향기는 따뜻했으니
가족으로부터 결별한
그의 밥집은 절반은 성공한 셈인가?

혼자 사는 가구가 갈수록 늘어 가고 있다는 뉴스를 자주 보게 되는 요즘, 주변을 돌아보면 가까운 사람들 가운데에서도 혼자가 된 사람들을 흔히 볼 수 있다. 혼자라는 단어가 낯설지도 않고, 그래서 그런지 측은해 보이는 것만은 아니다. 오히려 부러워하는 사람들도 있으니 말이다.

늘 집밥을 즐기던 친구도 신장개업을 하듯 새로운 밥집을 열게 되었으니, 축하를 해 주어야 할지 아니면 위로를 해 줘야 할지, 탄 밥처럼 씁쓸하기만 하다.

혼자가 된 것이 절반의 실패라고 생각할 수도 있지만, 절반의 성공이라고 생각할 수도 있으니, 이렇게 생각하자. 컵의 물이 '절반밖에 남은 것'이 아니라, '아직 절반이나 남았네.'라고. 신장개업을 했으니, 이제 새로운 손님을 맞아야 한다고 생각하며 오는 손님을 반기고, 다시 돌아올 단골을 만들어야 한다.

금은방

어디서부터 길을 잃었는지
네가 없는 종로는 1가부터 5가까지
다 똑같은 것 같아 겨우 찾아간 곳
세상 반짝이는 것들은 다 모였는데
딱 하나 너만 없구나
아직은 반짝임이 남아 있는
너와의 기억을 이제 내려놓으려 한다
또 다른 타인의 반짝임을 위해

이별이 남긴 것이 반짝이는 추억들이라고 생각하면 위로가 될까?

딱히 위로는 되지 않는다면, 새로운 인연을 위해 마지막 가지고 있던 구속을 놓아주자.

오랫동안 반짝임으로 구속했던 반지와 목걸이는 또 다른 누군가의 새로운 만남에 쓰여질지도 모를 소중한 보석이 될 것이다.

모든 반짝이는 것이 보석은 아니지만, 보석만이 반짝이는 것은 아닐 것이다. 때로는 가까이 있는 반짝이는 인연을 보지 못하고 금은방을 찾아 다니는 중이라면, 잠시 멈춰서 살펴보자. 멈춰야 비로소 보이는 것 중에 빛나는 인연이 있을지도 모르니.

내가 가진 커플링은 이제 그 가치를 다 했으니, 또 다른 그리고 새로운 가치를 만들어 낼 금은방에 맡기는 것도 나쁜 선택이 아니라는 것을, 가진 것을 비워야 새로운 것이 채워질 수 있다는 것을 금은방은 알고 있을 테니까.

술고래

내 이야기는 네가 받아 적고
네 이야기는 내가 받아 적고
주거니 받거니 시시콜콜 울려대는
목울대를 펜대 삼아
밤새 받아 적어도 모자랄 것 같아서,
생의 절반을 그림자처럼 받아쓰기로 할애했건만
낡은 빛조차도 나를 비껴가느라 바쁘구나
이런 사연 다 받아 적어 주는 건 너뿐이라서
늘 4딸라짜리 투명한 잉크는 모자라고
늘 반가운 친구라고는 너뿐이라서
낡은 지갑을 털어 잉크를 자꾸만 또 채운다
증발된 잉크의 기록이 얼룩으로만 남을지라도,

누군가 얘기했다. 아무리 힘들어도 나를 기분 좋게 만드는 친구가
하나라도 있다면, 그래도 잘 살았다는 반증이라고. 남사친? 여사친?
아니 그런 친구가 꼭 사람일 필요는 없지 않을까? 내 얘기를 잘
들어주는 친구 중의 친구, 꼴랑 4달러짜리 소주 한 병이 위로가
된다면 그리 나쁜 친구는 아니지 않은가.

소주 반 잔에도 취하는 사람은 얼마나 불행한가? 가난해도 내 말
잘 들어주는 친구를 가지지 못하니 말이다. 그렇다면, 소주 대신
낙서라도 끼적대면 좀 위로가 되려나? 그래서 가끔 낙서가 필요한
친구가 뜬금없이 전화를 한다. 내 귀에다가 혼자만의 낙서를 하고는
홀연히 끊어 버린다.

장미의 꽃말

붉은 장미의 모가지를 잘랐다

장미는 피를 토하지 않았다

언젠간 목이 꺾일 것을 알기에,

숨통이 끊어진 후 자태를 잃지 않고자

피를 목 위로 미리 올려놓고

마치 해가 지기 전에 벌겋게 타오르는 것처럼

이미 노을을 준비하고 있었던 것이다

그렇게 순순히 운명을 준비하는 듯했지만

마지막 자존심이랄까 분노랄까

차마 삼키지 못한

날카로운 가시들을 목 밖으로 내놓았다

장미의 목이 잘릴 때 나는 잠시나마 숨이 멎었었다

장미 또한 그랬을 테니

그저 자태와 향기를 얻으려는 자로부터

장미는 더 이상 꽃이 아니었다

붉은 노을이 눈을 감을 때까지 이어지는

형언할 수 없는 아름다움 그 이상이었다

장미의 꽃말은 '아름다움'이다. 이 꽃말을 되짚어 보려, 붉은 장미 한 송이를 관찰하다가 깨달은 것이 있다. 아름다움은 순간이 아닌 준비의 과정이라는 것을. 죽음을 예고하듯이 노을을 준비하듯이, 마치 온몸의 피를 모아서 꽃으로 준비한 것처럼.

꽃이라는 것은 시작이고 또 끝이다. 인생에서 꽃이 피는 시기는 사람마다 다르다, 화양연화*는 인생의 절정일까? 아니면 시작일까? 마지막일까? 피어난 꽃이 어떤 꽃인가에 따라 다르지 않을까? 시작과 절정, 그리고 마지막까지 아름다운 생도 있지만, 우리가 기억하는 생은 마지막 모습이 아닐까? 우리는 늘 마지막을 기억하니까. '유종의 미'가 흔한 이유는 아름다움의 대명사 장미가 흔한 이유일 수도 있겠다.

* 화양연화(花樣年華): 인생에서 가장 아름답고 행복한 시간.

유배

이별 후

옷장도 낡았고
그릇도 낡았다
죄다 새로울 것 없는

홀로 유배당한 골방에서
네가 떠난 문을 벽 속에 가뒀다
그리고 새 문을 만들려
반대편 벽을 뜯었다

하지만 그 벽 속에는
문이 하나 있어
오래된, 하지만 새것 같은
문

나갈까 말까
망설임만 열리는,

이별을 얘기할 때, 유배라는 단어도 같이 떠오를 때가 있다. 유배라는 단어가 주는 무게감은 다른 어떤 단어보다 어둡기에, 함부로 얘기할 수는 없지만 누구도 아닌 내 자신이 후회라는 트라우마에 시달리는 상황이 오고 탈출구 없는 곳에 나를 가둬 버릴 때, 유배당한 자신을 발견한다. 분명, 문이 있음에도 문마저도 벽으로 만들어 버리는 상황. 나를 가두는 고독의 유배에서 풀려나려면 상황 반전이 필요하다. 반전의 시작은 자신을 용서하는 것인데, 자신에 대한 용서는 또 다른 시작이라는 걸 알아야 한다. 지금까지와는 다른 무언가에 몰두할 수 있는 것, 마음을 움직일 수 있는 무언가를 찾거나 혹은 구출해 줄 누군가를 찾아야 한다.

방탈출 게임이라는 것이 있다. 문제를 풀어야만 나갈 수 있는 게임인데 혼자서 즐기기엔 너무 힘들고 외로울 수 있다. 이별의 유배지로부터 탈출하는 것도 마찬가지이다. 가능하면 함께 탈출을 도와줄 누군가를 찾는 것도 좋은 방법일 것이다. 방문 손잡이가 보이지 않는다면, 밖에서 열어 줄 사람을 찾아보는 것이 좋지 않을까?

단풍나무

서슬 퍼런 이빨을 드러내고
태양빛을 씹어 먹던 그가
시뻘겋게 피멍이 든
이빨을 바닥에 떨어뜨린다
그가 이빨을 버리고 얻은 것은
순망치한의 칼바람일지라도
어차피 시리고 흔들려 시달릴 바에야
다 뽑아 버리고 말지,

가을 단풍 든 산은 절경이라 할 만큼 아름답다고 표현된다. 그 붉은색으로 장식된 산을 오르다 보면, 단풍나무를 만나게 된다. 시인은 가끔 단풍나무에게 물어보고 싶다, 넌 왜 그렇게 붉은색으로 물들었는지. 나무가 대답할 리가 없는데, 그냥 물어보고 싶다. 엉뚱하지만 궁금한 걸 못 참는 시인은 자신에게 물어보는 것이다. 시인의 물음에도 대답 없는 나무지만 느낌은 전달받을 수 있다. 붉게 물드는 이유는 마치 피멍과 같은 것이 아니겠느냐고, 처절하게 소비한 만큼 대가를 치러야 하는 게 아니겠느냐고. 나무의 이파리는 마치 동물의 이빨과 같아서 사용을 오래하면 다시 갈아야 하는 것처럼, 오래된 이빨을 다 뽑아 버리고 다시 새 이빨을 얻어야 하는 것이라고. 나무가 그렇게 말을 하는 것 같다. 절대 인간은 따라할 수 없는 경지다.

머리술

녀석들은 성장통을 알지 못한다

애초에 통증이라는 것을 타고나지 않았던

녀석들은 수없이 잘려도 좌절의 고통을 알지 못한다

수없이 길들여 굴복시켜도 저항하지 않았던

녀석들이 하나둘 사라지기 시작했지만

나를 돋보이게 했던 그들의

소중함을 미처 알지 못했던 나는

그들의 부재를 고스란히 찬바람으로 받아 내야만 했으니

아득한 청춘을 하얗게 태워 버린 그대들을

지금이나마 예찬하면 위로가 되려나

성장통이라는 단어와 함께, '아픈 만큼 성장한다.'라는 말이 있다. 성장은 과정이라서 결과만 가지고는 이야기할 수는 없지만, 과거가 아닌 현재 시점에서만 본다면 머리숱만큼 힘든 과정도 없을 것 같다. 머리카락 몇 가닥이 전부인 사람들에게는 미안하지만, 외모의 시작과 끝은 헤어스타일이라는 말도 있어서, 우리는 늘 머리 미용에 신경을 쓴다. 미용의 과정에서 우리는 돋보이는 능력을 만들어 가지만, 지지고 볶고 물들이는 행위들을 통해 머리숱이 희생당하고 있음을 알지 못한다.

희생이라는 것은 어떠한 보상도 바라지 않는 순수함을 바탕으로 이루어진다. 우리를 돋보이게 만들어 준 머리숱이 그랬듯이, 희생한 머리숱은 나 대신 성장통을 가지고 사라져 갔을 것이다.

머리숱의 고통을 알지 못하듯, 누군가를 대신해 희생한 이들의 고통을 우리는 알지 못한다. 통증은 나에게 성장을 일깨워 주지만, 희생하는 타인의 통증을 우리는 느낄 수 없으며, 오히려 희생의 혜택을 까만 머리숱처럼 까맣게 잊고 살고 있다.

나팔꽃

외롭다 한들
소리를 지를 수 없어

어둡다 한들
풀 죽어 갈 순 없잖아

소리를 그리다가
나팔이 되었다는

전설의 그를 본다

지금으로부터 오래 되지 않은 날, 송해 선생님이 돌아가셨다. 그분의 삶에 대해 대부분의 사람들은 존경심을 가지고 있고, 영안의 길에 명복을 빌어 주는 시간 동안, 우연히 나팔꽃에서 송해 선생님을 발견했다. 〈나팔꽃 인생〉이라는 노래를 통해 삶을 비유했다는데, 내가 바라보는 나팔꽃도 다르지 않다.

외롭게 핀 나팔꽃처럼 소리를 지를 수도 없고, 그렇다고 어둡게 살 수 없기에 스스로 나팔이 되어 버린 그를 추모한다. 감히 비교할 수 없는 그의 생, 나팔을 넘어 전설이 된 그를 존경하며, 시 한 편을 헌정해 본다.

항체

너와 난,

뜨겁게 뜨겁게 이별을 했지
나를 너무 힘들게 하는 너를
어렵게 어렵게 밀어냈어, 하지만
너를 닮은 상처가 너무 아파서
자꾸만 또 다른 너를 밀어내고 있어
상처가 아물면 다시 널 받아 줄 수 있을까?
언제까지 밀어낼 건지 알 수는 없지만
그때까지 멀어질 수 있겠니?

나와 너

코로나19 유행이 오래 지속되면서 감염되지 않은 사람이 드물
정도로 대유행의 정점이 도래한 것 같다. 감염되었던 많은 사람들이
항체를 가지고 있다고 하는데, 항체는 내 몸의 기록이고 이러한
기록에 의해 자신을 다스리며 살아남은 사람들을 생각해 보면
건강하다라는 것은 내 몸속의 수많은 기록의 연속이 아닐까 싶다.
어떤 면에서는 사람들과의 관계에서도 기억이라는 항체가 있다고
생각한다. 기억이 서로를 밀어내는 역할을 하게 되면 밀접한 관계가
유지될 수 없기에 마치 항체처럼 부작용을 유발하는 것이다. 항체의
순기능도 있지만 역기능도 있어서 때때로 부작용에 시달리는 순간이
있지만, 이 또한 극복해야 하는 과정으로 생각해야 한다.
사람들과의 관계는 바이러스처럼 예방하는 백신이라는 것도 없어서
오로지 직접 부딪히며 극복해야 하는 과정이라, 조금 아파도 많이
힘들어도 이겨 내야 한다. 경험이라는 백신을 맞은 부작용이라고
생각하자.

이별

나는 너에게 꽃이었다
너는 나에게 꽃이었다

향기로 자극하며
꽃잎만 흔들다가

나는 너에게
너는 나에게
보듬지 못한 풍경으로 남았다

서로 좋은 것만 바라본다는 것이 얼마나 어려운 일인가? 이별을 한 번이라도 해 본 사람은 안다. 아름다움이란 바라볼 수 있을 때 가능한 것이다. 이별 후에는 서로에게 풍경으로 밖에 남지 않는다는 것을 우리는 이별하고 나서야 깨닫는다.

너와 함께한 시간
모두 눈부셨다
날이 좋아서
날이 좋지 않아서
날이 적당해서
모든 날이 다 좋았다

드라마 〈도깨비〉* 대사이지만, 참 좋은 말이다. 늘 좋은 시간만 있는 것이 아니라는 것, 알지만 그 시간을 놓치고 마는 이별이 주는 풍경을 우리는 미리 알지 못한다.

* 〈도깨비〉: tvN에서 2016년 12월에서 2017년 1월까지 방영되었던 드라마.

벌거숭이

옷을 입는다는 건
옷값을 모르기 때문이지

옷을 입어도 땀이 보이지 않는 건
옷을 자주 갈아입기 때문이지

옷을 몇 겹 걸쳐도 추워 떠는 건
내 옷이 아니기 때문이지

옷을 벗는다는 건
옷값을 계산해야 하기 때문이지

자리가 사람을 만든다는 말이 있다. 또한 옷이 사람을 만든다는 말도 있다. 이 두 말이 다른 듯 같은 의미를 가지고 있다. 어떤 자리에 앉는다는 것은 그 자리에 어울리는 옷을 입는다는 것과 같은 의미라는 것이다.

어떤 옷을 입을 때, 그 가치를 알지 못하면 절대 입어서는 안 된다. 값을 모르고 옷을 입으면, 나중에 크나큰 대가, 옷값을 치러야 한다. 자리도 마찬가지로 자리의 가치나 책임을 알지 못하면 앉아서는 안 된다.

자리를 자주 이동하는 사람들도 있다. 자리를 자주 이동하는 것은 옷을 자주 갈아입는 것과 같은 이치로 땀을 흘릴 시간도 없이 자리를 벗어나는 것이다.

본인 옷이 아닌 옷은 온전히 내 것이 될 수 없기 때문에, 오랫동안 입을 수 없으며, 내 자리가 아닌 자리에 앉아 있으면 불안에 떠는 것과 같은 것이다.

옷값을 보지 못하고 옷을 입었다면, 결국 옷을 벗어야 하는 것은 본인이 앉은 자리만큼 책임을 다하지 못했음을 의미하는 것이다.

용서

몽기라는 지우거도

서운함은 지워봐ㅡ

치약

그가 먼 길 떠나며 당부하셨다

너무 깨끗하게 살지 말라고
너무 쿨하게 살지 말라고
너무 짜내며 살지 말라고

그렇게 살고 나면
남은 건 납작해진 쭉정이뿐이라고

나처럼 살지 말라고

짠돌이라는 말, 요즘은 잘 안 쓰이지만, 예전에는 참 많이 쓰이던 말이다. 또 법 없이 살 사람이라는 말도 예전에 많이 회자되었던 말이다. 새마을 운동 시절에는 또 그렇게 살아야 했나 보다. 부모님 세대는 그렇게 살아야 칭찬을 들었나 보다.

요즘도 치약처럼 짜내며 사는 사람들이 종종 보인다. 그들 나름대로 철학을 가지고 있겠지만, 좀 불편해 보인다. 굳이 워라밸*을 강조하지 않아도 최근의 추세는 사람을 갈아서 상품을 만드는 시대가 아니라는 것이다.

우리는 치약이 아니라, 치약을 짜서 이를 닦는 평범한 사람들일 것이다. 치약은 사람이 될 수 없지만, 사람은 치약처럼 살 수도 있다. 어디서 많이 듣던 패러디처럼 보이지만, 실제 그렇게 사는 사람도 있다. 나름 철학이라고 한다면 더 할 말은 없지만.

* 워라밸: '워크라이프 밸런스'를 줄여 이르는 말로, 일과 개인의 삶 사이의 균형을 이르는 말.

오십견

손을 들어 선서할 필요도
손을 들어 찬성할 필요도
없는
손을 들어 만세 부를 필요도
손을 들어 항복할 필요도
없는

세월에 탈골된 아픔보다
더 이상 들어올릴
필요가 없다는 것이 더

아프다

나이가 든다는 것은 물리적으로
쇠퇴해 가는 것과 동시에 정신적인
면도 인싸*가 아니라 아웃싸**가
되어 가는 과정이라는 생각이 든다.
아웃싸가 된다는 것은 세간의
관심에서 벗어나는 것이고, 어찌 보면
부담을 내려놓는 과정이라 홀가분할
수도 있다. 하지만 더 이상 필요 없는
존재가 되어 간다는 것에 서운한
기분이 드는 것은 어쩔 수 없다.

물리적 오십견은 어쩔 수 없다 해도
정신적 오십견은 자칫 우울증에 빠질
우려가 있다는 것, 우리는 우리의
이웃이 아웃싸로 빠지지 않도록 울타리가 되어 줄 필요가 있다.

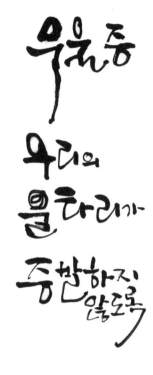

* 인싸: 인사이더(insider)의 줄임말로, 아웃사이더와는 다르게 무리에 잘 섞여 노는
  사람들을 말한다.
** 아웃싸: 아웃사이더(outsider)의 줄임말로, 인싸의 반대말.

마음

오목해야 담을 수 있지
그래서 다짐을 한다
꾹꾹 눌러 다짐을 한다
다지고 다져 눌러 댄다
오목해질 때까지,
그래도 자꾸 부풀어 올라
걸려 넘어진 너를 보고 있자니
아프다

미안하다
그릇처럼 오목하지 못해서,

'다진다.'라는 말은 뭔가 눌러서 납작하게 만든다는 의미이다. 마음은
그릇에 비유된다. 무엇인가를 담아야 하기 때문에, 그릇은 오목해야
한다. 마음도 이것저것 담을 것이 많기 때문에 오목해야 한다. 마음이
잔뜩 부푼 상황에서는 아무것도 담을 수가 없다. 그래서 우리는
다짐을 한다. 긍정의 힘으로 마음을 눌러서 오목하게 만드는 일, 매일
하고 있는 일이다.

토끼풀

연꽃 마을
꽃길을 따라 걷다 보았네
네잎클로버
작은 이파리
꽃 피우기도 전에
모가지가 잘린 모습을,

연잎 바라보며 큰 꿈꾸던
작은 이파리, 슬픔
머금기도 전에
꿈이 꺾여 버린,

너는
'행운'으로 강제 개명되면서도
정작 행운을 갖지 못했구나

이파리 3개짜리, 흔하디흔한 토끼풀은 어디를 가든 군락을 이루고 있다. 그리고 또 흔히 보는 풍경 하나는 토끼풀을 헤집고 더듬는 사람들이다. 쉽게 보일 것 같은 이파리 4개짜리 풀을 찾는 일은 거의 늘 실패로 끝나기 마련이다.

네잎클로버의 꽃말은 '행운'이다. 반면 세잎클로버의 꽃말은 '행복'이다. 행운을 얻기 위해 수많은 행복을 파헤치는 어리석음을 작은 토끼풀이 알려 주고 있지만, 우리들은 멈출 생각이 없다.

실제로 네잎클로버를 발견한 경험이 있는데, 로또 당첨된 것 같은 기분까지는 아니지만 나름 우쭐해지기도 했던 기억이 있다. 인간이라는 존재의 한없는 가벼움이란 토끼풀의 무게만도 못 한 것인가.

야경

배경 따윈 지워 버려
배경이 널 지워 버렸듯이
초라한 점으로 남더라도
빛날 수 있는 어둠을 즐겨 봐
그게 바로 너야

내가 바라보는 너야

도시는 밤이 더 아름다워 보이는 것은 불빛이 아름답게 빛나기 때문일 것이다. 하지만 그 아름다운 불빛은 주변의 어둠이 있기에 찬란하게 보이는 것이다.

미미한 불빛은 주변이 환할 때 존재감이 잘 보이지 않는다. 주변이 어두울 때 존재감이 빛을 발한다. 우리 주변에도 그런 존재가 많다. 어두운 꼭두새벽 청소하는 미화원들 복장은 별처럼 반짝이고, 불 꺼진 아파트 앞 경비실 초소도 등대처럼 반짝인다. 야경이 아름다운 것은 어둠 속에서도 이러한 작은 존재감들이 빛을 내고 있기 때문이다.

와이퍼

닳아 빠진 그의 손을 빌려
연신 유리창을 닦아 내도
좀처럼 지워지지 않는 얼룩에
나는 그에게 다시 지시를 내린다
잘 좀 닦으라고, 잔소리 세제를 퍼부으며
그도 오랜 시간 지쳤을 터인데
이제 그를 풀어줘야 할 텐데
남은 얼룩을 손으로 닦아 내며 그를 다독인다
그의 얼룩이 아닌 나의 얼룩이므로

와이프? 와이퍼? 내 얼룩도 지워 줬으면 하고 부탁하는 나는
누구에게 일을 시키고 있는가? 그리고 누구 탓을 하고 있는가? 나의
얼룩에 대해 누구 탓을 하고 있는가?

내 앞의 얼룩은 어느 누구도 아닌 모두 내 탓이다. 얼룩을 지워 내야
하는 것도 내 일이다. 이런 저런 핑계를 대다 보면 내 앞의 얼룩만
계속 늘어나는 것이다.

제발, 내 얼룩은 내가 닦자. 남에게 닦아 달라고 하지 말자. 남이
닦은 얼룩은 늘 하자가 있기 마련이다. 하자에 하소연하는 것은 너무
뻔뻔한 것 같다.

'니가 싼 똥은 니가 치워라.'라는 말이 있다. 이런 말 들으면 기분
나쁘겠지만, 틀린 말은 아니라서…. 그냥 핑계 대지 말고 치우면
된다. 핑계 댈수록 구린내만 난다는 것을, 이웃이 알려 주면 때는
늦는다.

용서

아플 거야
나만큼 너도 아플 거야라고
문을 살짝 열었는데
너는 없구나

아,
너는 이미
내 뒤에 있었구나

잘못을 반성하는 데는 순서가 중요하지 않지만, 용서하는 데는
순서가 중요하다. 누가 먼저 용서하는지에 따라 세상은 달라진다.
용서할 거라면 누구보다 먼저 행동해야 한다. 한 발 늦으면 이미 그
대상은 이 세상에 없을지도 모르니.

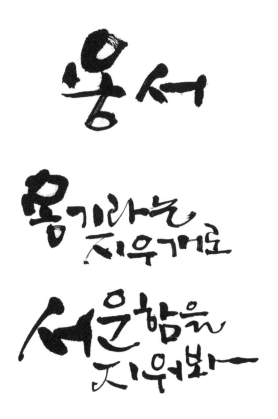

용서

용기라는 지우개로

서운함을 지워봐~

탕감

너의 마음을 빌려
허투루 탕진하고서

감당할 수 없는
채무를 안은 나는

미안함을 담보로
용서라는 채무 불이행을
구하려 한다,

감히

사람은 경제적으로 힘들 때, 은행과 같은 금융 기관을 가장 먼저
찾아 돈을 빌린다. 이럴 때 은행은 구세주 같은 존재가 된다. 하지만,
마음이 힘들 때, 우리는 기댈 곳을 찾는다. 가장 먼저 부모 형제,
그리고 친구, 어느 누가 됐든 마음을 빌려줄 사람을 찾게 된다.
마음을 빌리는 것도 일종의 빚이라 생각해야 한다. 늘 그렇듯이
빌릴 때는 아쉬움이 가득한데, 빌리고 나서는 그런 마음에 반전이
일어난다. 즉, 화장실 들어갈 때와 나올 때가 다른 것이다. 마음의
빚도 마찬가지다. 힘이 되어 준 사람의 배려를 까마득 잊어버리는
경우가 많다.

재산의 대부분을 날리고 더 이상 갚을 능력이 없는 사람에게 개인
회생이라는 제도가 있지만, 도덕적 해이라는 비난의 화살을 감수해야
한다. 그렇다면 마음의 빚은 어떨까? 대부분의 사람들은 '그런 거
꼭 갚을 필요가 있나.'라고 생각할 것이다. 그리고 안 갚는다고 빚
받으러 쫓아올 일도 없으니, 가볍게 생각하는 것 같다. 하지만,
마음의 빚을 탕감 받으려면 용서가 필수인데, 용서받지 못한 사람은
평생 '채무 불이행'이라는 불행 속에서 살아야 한다.

소비자

1.

선을 깡그리 소비하고

남은 것은 악

뿐이라서

눈에서 입에서

선함이 차오를 때까지

입도 닫고 눈도 닫고 귀도 닫고

하면서, 할 수 있는 한 숨도 참으며

유배를 떠난다

2.

아프다

아프지 않다

다시 아프다

그리고 아프지 않다

두툼한 지갑 속에서 딸랑 용서 한 장을

소비하는 것조차 계산을 하고 있다

얼마나 이득이 될까, 갈등으로

또 아프다

선과 악은 어떤 형태로 존재하는가? 이에 대한 물음에 어떻게
대답할 것인가? 생각해 본적은 있는가? 나는 이 물음에 소비라는
단어를 소환한다. '권선징악'이라는 말은 대충 '선을 권하고 악을
징벌한다.'라는 뜻일 것이다. 성선설이 됐든, 성악설이 됐든, 우리는
알게 모르게 선과 악을 동시에 가지고 있게 마련이다. 나는 선을 지갑
속, 악을 지갑 자체로 생각하고 싶다. 즉, '악이라는 지갑 속에 선을
담아 두고 있다.'라는 의미이다

선을 다 소비하게 되면 악이라는 지갑만 남게 되고 빈 지갑은 우리를
정신적으로 힘들게 만든다. 나의 악이라는 지갑에 얼마의 선이 들어
있는지 알 수는 없지만, 선을 소비하다 보면, 금방 바닥날 것 같은
기분에 지갑을 자꾸 닫아 버리게 되는 것 같다.

우리는 물건을 살 때 가성비를 따지는 경향이 있다. 하지만 선을
소비할 때, 가성비를 따지지 말자. '용서'라는 커다란 가치는 얼마든지
낭비해도 좋을 것이니.

갈증

세상 어려운 것이
칼로 물 베기라면
난 칼보다 물이 되고 싶다

휘두르기보다는
휘몰아치는 물이 되고 싶다

어디서 헤어지든
흘러서 다시 만나는
물이 되고 싶다

날카로움에 찔리고
잘려 나갈지라도
고통 속을 흐르는

눈물이고 싶다

물은 갈증을 해소하는 데 꼭 필요한 존재이다. 그리고 우리가 흘려야 할 눈물도 감정의 갈증을 해소하는 데 등장한다. 칼과 칼이 부딪히면 불꽃이 튄다. 칼을 가는 시간 동안 숫돌에서도 불꽃이 튀는 것처럼, 강 대 강의 대결에서는 불이 붙을 수밖에 없다. 불을 끄고 대결을 식히는 것은 물이고, 더 단단하게 만드는 담금질에는 물이 필수다. 속담에 '부부 싸움은 칼로 물 베기'가 있다. 싸움을 해도 물처럼 다시 합쳐지므로 싸움이 소용없음을 비유하는 것인데, 그만큼 서로 팽팽하게 맞서도 물은 부서질 수 없음을 의미하는 것이다. 왜, "우리는 서로 칼이 되어야만 하는가."라고 생각해 본 적이 있는가? 어느 한 쪽이 물이 되면 안 되는가? 이런 질문을 하면 "물러서면 안 되고.", "물러지면 안 된다고." 주도권을 잡아야 하는데, '물' 자가 한 글자도 들어가서는 안 된다는 대답이 돌아올 것이다.

주도권을 포기하는 것은 쉽지 않을 것이다. 세상 '나'라는 존재는 누구보다 앞에 있어야 하므로. 하지만 한 번쯤 물러나서 '물'이 되어 보라. 흐르고 흘러서 맨 앞이 아닌 전체를 감싸고 돌 수도 있으니.

미안해

미리
안하면
때를 넘겼지도
몰라

민달팽이

그곳에 가고 싶다

스쳐 지나가도 향기가 묻어나는 곳
바람이 불지 않아도 향기가 흐르는 곳
출입문은 없어도 출입하는 사람이 있는 곳

그곳에 살고 싶다

집이 없어도 누구나 살고 싶은 곳은 있다. 집에서 재산이라는 가치를 빼고 나면 무엇이 남을까? 남는 것은 사람일 것이다. 그 집에 사는 사람, 그리고 삶의 가치는 사람 그 자체이다.

사람이 사는 집은 일종의 통로이다. 바람과 함께 사람이 드나드는 통로, 살아가는 과정 중에 꼭 거쳐야 하는 삶의 통로와 같은 것이다. 달팽이와 다르게 집을 지고 다니지 않는 민달팽이는 집이 없어도 살아가는 법을 안다. 집을 가지지 못한 사람들의 재산적 계산을 비웃듯이 쾌적하고 살 만한 곳을 이리저리 옮겨 다니며 잘 살아간다. 달팽이가 느린 것은 집을 이고 다니기 때문이다. 그럼 민달팽이가 느린 것은 아마도 여기저기 집 구경을 하면서 다니느라 그럴 것이다. 어떤 이의 삶이 느리게 보이는 것도 민달팽이처럼 여기저기 통로를 찾아 다니기 때문인 것과 다르지 않다.

주전자

한소끔 속이 끓어오르면
곧 쏟아내는 시간이다

매일 그렇게 항상 그렇게
속에 무언가를 담고 있어야 하는가
누군가 아무도 묻지 않지만

타고난 성격이라 딸깍 스위치가 켜지면
채움과 비움 사이 잠시 멈춘 신호등처럼
끓어오르는 인고의 시간은 길지 않지만

짓누르며 머릿속만 달그락거려도
누군가에게는 뜨거운 존재가 된다

누구나 화가 나서 끓어오른 적이 있을 것이다. 사람들은 열 받는다는 말을 심심찮게 한다. 속에서 부글부글 끓어오르는 분노, 누구를 위한 분노인가? 내가 뜨거워지는 이유가 남을 비난하기 위함이라면 한 번 더 생각해 보자. 나는 누구에게 얼마나 따뜻한 마음을 건네는 사람인가?라고 여러 번 생각해 봐야 한다.

따뜻함을 나누기 위해 그리고 정의를 위해 끓어오르는 것이라면, 당신은 이미 세상에서 가장 따뜻한 사람이다. 세상은 이런 주전자 같은 사람들이 있어 많은 사람들이 온기를 느끼는 것이다.

형광등

이제 곧 사라져 갈
깜빡이던 기억마저
황혼의 유리관 속으로 까맣게 태우면서
얼마나
하얗게 살아왔는지

그대에게 묻는다

'연탄재 함부로 차지 마라'로 시작하는 안도현 시인의 시, 제목을
물어보면 대부분 '연탄재'라고 답을 한다. 물론, 이 시의 제목은
「너에게 묻는다」이다. 내가 존경하는 시인의 시를 인용한 것은 작은
사물에서 커다란 본질을 발견한 시인의 시선을 존경하기 때문이다.
어쩌면 아무렇지 않게 보고 지나갈 수 있는 연탄재이지만, 외면이
아닌 내면을 들여다보면, 그 존재감이 얼마나 따뜻한 지를 발견할
수 있다. 마찬가지로 형광등을 들여다보면 세상을 하얗게 비추는
존재감을 발견할 수 있다. 하지만 이러한 존재감은 형광등의 생명이
다 되어 갈 때, 생각할 수 있는 것이기에 형광등은 우리에게 질문을
던지는 것이다. 당신은 얼마나 하얗게 세상을 비추며 살아왔는지.
평소에는 발견하지 못하던 존재감 그리고 존경심에 대해, 많은
시간이 경과하고 나서야 깨닫는 것은 늘 익숙해서 작은 변화를
모르고 지나가기 때문일 것이다. 황혼의 시간 전까지는 해가 어디에
있는지 관심을 가지지 못하는 것처럼, 우리의 빛나는 삶도 누군가
발견해 주어야 하는 것처럼.

돈나무

나무가 돈이라면 슬프겠네
낙엽 되기도 전에 벌거벗은
모습이 슬프겠네

돈이 나무라면 슬프겠네
땅속에 묻혀 꼼짝 못 하는
모습이 슬프겠네

나는 슬프겠네
내가 나무가 될까 봐
내가 돈이 될까 봐

아직은 행복하네
아직은 아니라서

나무가 돈이라면, 사람들이 몰려들어 온전히 성한 나무가 한 그루도 없을 것이다. 돈 좀 가졌다는 소문이 돌면 그래서 주변으로 사람들이 모여드는 것일까? 하지만 가진 사람들은 가졌다는 티를 내지 않는다. 이유는 돈나무가 되기 싫어서 일 것이다.

돈이 나무라면, 땅속에 묻으려고 난리가 날 것이다. 묻어 두면 나무처럼 자라서 더 큰돈이 될 테니까. 그래서 사람들은 돈을 자꾸 은행에 묻으려 한다. 묻어 두면 나무처럼 자라서 조금이라도 커질 것이므로.

나는 돈도 아니고 나무도 아니다. 그저 돈은 나를 지나가는 나그네일 뿐. 나는 나그네로부터 원하는 것을 얻기만 하면 되는 것이다. 그래야 돈이 아닌 나무를 온전히 키우고 사랑할 수 있지 않을까?

화물차

움직임에는 무언가 실려 있다

언덕길 힘겹게 오르는
늙은 느림보 수레에도
껍데기만 남은 층층이 생이
실려 있다

움직임은
생의 무게를 재는 일
알맹이 빠져나간 폐지 조각에
생을 의탁하는 퍼포먼스도

삶이란 무게를 짊어진 이유라서

살아가는 동안 짐 없이 사는 사람은 없다. 사는 동안 무게는 다르지만 각자 짊어지는 짐이라는 것이 있다. 금수저로 분류되는 사람은 금수저 무게 정도로 가벼운 짐을 지고 살겠지만, 흙수저로 분류되는 사람은 흙으로 돌돌 뭉쳐진 무거운 바위 같은 짐을 지고 살 것이다. 짐을 덜 수 없다면, 짐을 끌고 갈 화물차를 동원해야 한다. 마찬가지로 내 삶의 짐을 덜 수 없다면, 사람들을 동원해야 한다. 나를 도와줄 사람, 짐을 같이 들어 줄 사람을 찾아야 한다. 좀 더 생각해 보면 반려의 인연이라는 것이 어쩌면 내 삶의 등짐을 오랫동안 나눌 수 있는 기회가 되는 것이다.

때로 일방통행에서 역주행하는 폐지 가득 실린 수레를 보면 짜증 내지 말고, 삶의 무게를 나누어 들고 가는 아량을 베풀 수 있으면 좋겠다.

노숙인

그의 집은
대낮에도 보이지 않는
아니 아무도 찾으려 하지 않는
그늘진 구석

거미줄 쳐 놓은
거미처럼 미동을 삼가는 그의
집은 흡사 거미줄
착한 이도 자세히 보아야 보일 듯 말 듯한
그는 집 한 채를 걸치고 있다

간혹 집에 걸려 넘어진 사람들이
그가 입은 집을 벗어나는 발걸음만
재촉할 뿐

허기진 하루에
집 구석에 구멍이 뻥 뚫려도
하늘은 보이지 않는다

홈리스(homeless)로 번역되는 노숙인. 집이 없다기보다는 집을
돌아가지 못하는 상황일 것이다. 노숙인을 생각해 보면 거미줄이
떠오른다. 마치 집을 걸치고 있는 것처럼 보인다. 원래 집이 아닌
눈에 잘 띄지 않는 거미줄을 걸치고 있는 것이 아닌가라는 생각,
자세히 들여다보지 않으면 볼 수 없는 그런 집. 그래도 착한
사람에게는 보이기 때문에, 측은지심이 그런 집을 찾기도 한다.
거미줄 주인은 거미이지 사람이 아니다. 길을 잃고 거미줄에 걸렸을
뿐이라고 생각하자. 거미줄에 걸린 생을 구출하려면 거미줄을
제거해 줘야 한다. 마치 집처럼 걸치고 있는 거미줄이 집이 아닌
덫이라는 것을 일깨워 주어야 한다.

거미는 잘 보이지 않아서 외면받는 구석에 집을 짓는다. 그래야 눈에
띄지 않아서 집이 강제 철거되지 않을 테니까. 반대로 외면받은
사람은 눈에 띄지 않는 곳을 찾는다. 그래야 더 이상 외면받지 않고
찾기도 힘들 거니까.

보호수

쓰러져야만 무게를 잴 수 있다는
그는 여전히 굳건했다
상반신은 휘청거릴지라도
흔들리지 않던
한곳에서 잔뼈 굵은,
이제 보호를 받고 있는 그의
깊은 발자취의 무게는
시간이라는 숫자로 환산될 뿐이다

우직하게 수십 년간 한 우물만 파면서 성공한 사람을 우리는
달인이라고 부르기도 한다. 한 분야에서 잔뼈 굵은 사람의 생은
나무같이 느껴진다. 이리저리 탈출을 꿈꾸는 사람과는 확연히 다른
삶, 오래될수록 뿌리는 깊어지고 어떤 자극에도 쓰러지지 않는
산속의 나무처럼 외롭게 남아 있을지라도, 나무는 그 자리에 있다.
내 옆에도 나무 같은 존재가 있었으니, 이탈하지 않고 늘 그 자리를
지켰던, 나의 오랜 보호자에서 보호수가 되었던 그 분들을 추모한다.

무릎 전상서

사랑하는 그대여,
오늘 물구나무를 서면서
당신의 너그러움을 알았습니다

어젯밤
나의 치욕과 굴욕을 대신하여
바닥에 엎드린 당신인데
내 가슴이 시린 것만 알았지
당신도 시린 줄 몰랐습니다

슬하의 자식이 무너질까 걱정할 뿐
슬하가 무너지고 있는지 몰랐습니다

미안합니다
오랜 시간을 지탱한 건 내가 아니라
당신이었음을 이제야 알았습니다

걷고 뛰고 하는 과정에서 중요한 역할을 하는 것이 무릎이다. 물론 운동의 기능을 담당하는 모든 신체 기관은 모두 다 중요하다. 하지만, 그중에서 참을 수 없는 통증으로 나타나는 것 중 흔한 것이 무릎이다. 요즘 고가의 폴더블 폰이 인기가 많다. 폴더블 폰의 인기는 접었다 폈다를 하면서 쓸모 있는 기능을 다양하게 한다는 것이다. 우리의 무릎도 마찬가지다. 폴더블 폰이 비싼 것처럼 무릎은 그보다 훨씬 중요한 기능을 하기에, 그래서 무릎은 그 무엇보다도 비싸다. 고장난 폴더블 폰은 힌지라는 부품을 교환하면, 다시 예전처럼 접었다 폈다를 그대로 할 수 있다. 하지만 무릎은 훨씬 더 많은 비용을 들이고도 온전히 다 사용할 수가 없다. 소중한 무릎이 망가지기 전에, 고마운 마음을 가져야 할 이유다.

빨대

나를 위해 기꺼이
고개 숙인 너에게

반복해서
입 맞추고
또 입 맞추고

갈증이 해소될 때쯤
내 앞에 너는 없구나

종일
이 자리에 같이 있었는데,
컵은 또 어디로 간 걸까?

시간이 지날수록 우리는 스쳐 지나가는 것들에 무감각해지는 경향이 있다. 무심히 지나가는 것들 중 존재감이 미미한 것에는 일회용 물건들이 제법 많다. 가장 쉽게 예를 들면 종이컵을 볼 수 있는데, 종이컵에 따라다니는 빨대도 일회용이고 뚜껑도 일회용이다. 우스갯소리 같지만 하루 중 나랑 제일 많이 입을 맞추는 것은 다름 아닌 빨대 아닌가? 혹은 종이컵일 것이다.

바쁜 현대 사회에서 사람을 만나는 일 또한 일회성인 경우가 많아서, 만남과 헤어짐의 간격이 짧다 보니 기억에도 잘 남지 않는 경우가 종종 있다. 일회용품이 스쳐 지나가듯이 사람도 그렇게 지나간다는 것이 작아만지는 존재감을 대변하는 것 같아 서글퍼서, 우리는 늘 기록을 한다. 이름이든 전화번호이든 만남의 여운을 좀 더 길게 가져가기 위해서일 것이다. 하지만, 휴대폰에 남겨진 그 만남의 여운은 이내 수많은 전화번호부의 인파 속으로 사라지고 만다 디지털 인파 속을 사는 현대인들에게는 잊혀지는 것이 아니라 소비되고 사라지는 것이라는 것을 알지만, 곱씹어 볼수록 쓸쓸하기만 하다.

반지하

문은 열리지도 깨지지도 않았다
문은 잠기지도 않았다
물에 잠기었을 뿐

담벼락보다 높은
물벼락에 갇혔을 뿐이라고

A씨가 내게 말했다

고립의 껍질을 부수고 나오지 못하면
이 땅은 무덤이라고

누군가를 지칭할 때 우리는 A씨 B씨처럼 씨를 붙이는데, 뉴스에서 자주 등장해서 그런지 A씨 B씨는 아주 익숙하다. 그리고 혹시 나도 뉴스에 나오게 되면 A씨가 될지 B씨가 될 수도 있겠다는 생각이 든다. 알다시피 A씨는 좋은 일로 등장하는 경우는 드문데, 최근에 발생한 홍수로 반지하에서 생을 마감한 A씨를 생각하면 기분이 섬뜩해진다. 오래 전 반지하 생활 경험이 있기에 더욱 그런 기분이 들기도 하는데, 동시에 반지하에 산다는 것이 어쩌면 꼭 땅에 묻힌 씨앗이라는 생각도 든다. A씨에서 A만 떼면 '씨' 자체이기도 하고 언젠가 밖으로 고개를 내밀 수 있는 상황이기도 한데, 물에 떠내려가지도 못하고 담벼락보다 높은 물벼락에 갇혀 버렸다는 생각에 마음 한 켠이 저며 온다.
반 값이라도 지불했으면 하자는 없어야지.

반지하

반 값이라도

지붕했으면

하자는 없어야지

패자 부활전

있더이다,
당신이 떠난 텃밭에
풀만 무성한 줄 알았는데

풀 사이 나무 한 그루가
짧은 목을 빼고
있더이다

허물 벗은 은행 한 알이
까치발 들고
있더이다

생전 기댈 곳 없던 당신이
끝내 이기지 못했던 잡초를
밀어내고, 있더이다

승자와 패자로 나뉜 세상에서 패자도 승자가 될 수 있는 기회가
부여되는 경우가 있다. 승자가 아닌 오로지 패자만이 부활할 수 있는
패자 부활전이다.

생전에 한 번도 승자가 되지 못한 이들은 패자 부활의 기회를 잡지도
못했을 것이라고 생각했는데, 어느 날 텃밭에서 발견한 은행 한
알이 굳건한 나무가 되는 과정을 발견하면서, 또 잡초를 밀어내는
광경을 보면서, 돌아가신 큰사람을 생각하게 되었다. 마치 예수의
부활을 본 것 같다. 너무 거창하다고 생각할지 모르지만 말이다. 다
떠나서 치열하게 살아온 시간만큼 패자 부활의 시간은 더 소중하게
느껴진다.

정류장을 떠나며

정류장을 떠나는 것은 내가 가야 할 노선의 버스가 도착했을 때, 그리고 어디론가 떠나려던 마음을 돌렸을 때이다. 사람의 마음은 시도 때도 없이 변한다. 마음을 약하게 만드는 갈등의 힘이 어느 순간 강해지기 때문이다. 마음속 갈등은 버스 운전기사와 같은 존재이다. 운전기사가 방향을 정하는 대로 버스의 노선은 달라진다. 사고가 나지 않으려면 버스의 운행은 전적으로 운전기사를 믿어야 한다. 마음속 갈등도 마찬가지이다. 내 자신을 전적으로 믿고 맡겨야 한다. 그래야 갈등이 종착지에 도착할 수 있다.

정류장에 모인 사람들은 곧 다시 만나기도 하지만, 만났던 사람들 대부분은 기억에 없다. 그리고 그런 사람들을 기억할 이유도 없다. 마음버스 정류장에 머물렀던 기쁨, 슬픔, 사랑, 그리고 이별로 만났던 나의 마음은 이제 또 다른 감정선의 버스를 타고 떠날 것이다. 그리고 순환버스처럼 마음이 돌고 돌아 다시 같은 정류장에 도착하면, 기억나지 않는 것을 억지로 떠올릴 필요 없이 새로운 마음으로 머무르면 된다. 그리고 갈등이 이끄는 곳, 종착지로 가면 된다. 자연의 순리를 따르는 것이 어려운 것이 아니다. 마음을 전적으로 맡기고 버스 한 번 타는 것이다.